EL HOYO MISTERIOSO

ENRIC LLUCH
DIBUJOS: MIGUEL ÁNGEL DÍEZ

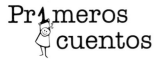
Pr1meros cuentos

AlgaR
EDIT◉RIAL

EN MEDIO DEL PARQUE HAY
UN HOYO PROFUNDO.

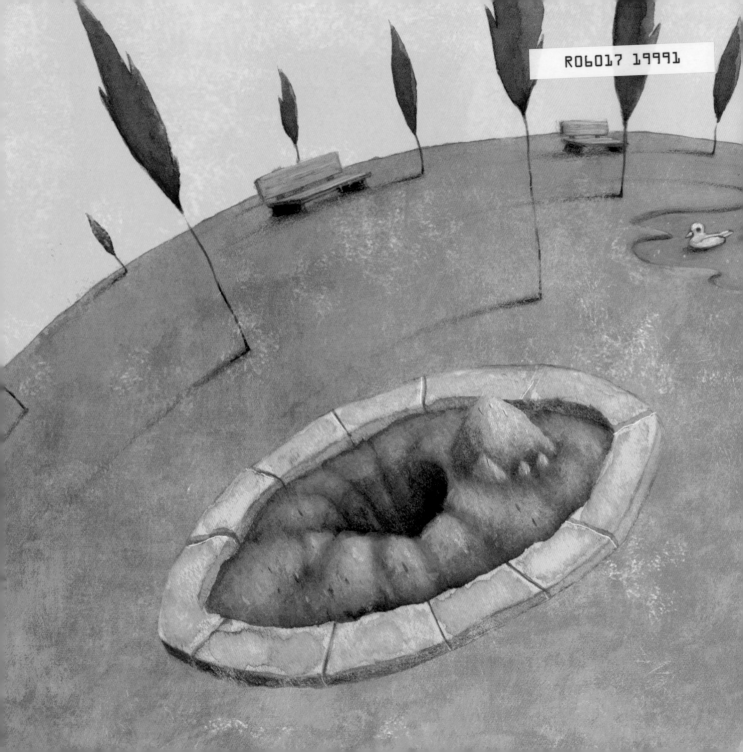

MARÍA CREE QUE ES UNA
MADRIGUERA DE CONEJOS.

CARLOS DICE QUE LOS PERROS CAVAN
HOYOS PARA ESCONDER COMIDA.

ANDRÉS PIENSA QUE ES UN HOYO
PARA JUGAR A LAS CANICAS.

–A LO MEJOR LO HAN HECHO LOS
RATONES –APUNTA ELENA.

PREGUNTAN A UNA SEÑORA QUE
VIENE DE LA PANADERÍA.

LA MUJER MIRA EL HOYO MIENTRAS
SE ARREGLA EL PELO.

–NO LO SÉ... PODRÍA SER UN NIDO
DE HORMIGAS.

APARECE UN HOMBRE VESTIDO
DE AZUL.

LLEVA UNA PLANTA Y UNA REGADERA
LLENA DE AGUA.

METE LA PLANTA EN EL HOYO,
LA TAPA, LA RIEGA Y SE VA.

Título original: *El clot misteriós*
© Enric Lluch Girbés, 2012
Traducción del autor
© Dibujos: Miguel Ángel Díez Navarro, 2012
© Algar Editorial, SL
   Apartado de correos 225
   46600 Alzira
   www.algareditorial.com
Diseño: Pere Fuster
Impresión: AGSM

1ª edición: noviembre, 2012
ISBN: 978-84-9845-299-0
DL: V-3078-2012